HISTOIRES TERRIFIANTES À ÉCOUTER LA NUIT

First edition. January 29, 2024.

Copyright © 2024 Varios Escritores-.

ISBN: 979-8224379798

Written by Varios Escritores-.

Table des Matières

Histoires Terrifiantes
à Écouter la Nuit

Varios Escritores

La Voie
Thriller de Suspense et d'Horreur en Français

Roger Daevison

"La peur peut nous tenir éveillés toute la nuit, mais ce qui nous effraie vraiment, c'est quand nous la laissons pénétrer dans nos rêves."
— **R.L. Stine, "Cauchemars et hallucinations"**

Avant-propos

Dans ce qui semblait être un simple trajet vers la maison de son enfance nichée dans les montagnes, pour Jacob Mert, cela se transforme en une situation cauchemardesque. Un thriller glaçant qui vous plongera au cœur de l'horreur.

Contenu

Chapitre 1

J'ai tellement peur, je tremble... Je ressens vraiment une immense terreur. Je n'avais jamais eu autant peur de ma vie, même lorsque j'étais un vaillant bravache à l'université, et regardez-moi maintenant ! Je tremble, implorant les dieux de venir à mon secours.

S'il vous plaît ! Quelqu'un là-haut, venez me sauver. Comment est-il possible que je traverse cela ? Je veux croire que c'est un foutu rêve. J'ai toujours vu des meurtres et des choses de ce genre aux actualités, mais normalement cela n'affecte pas quand vous êtes en sécurité. Et ces faits, même s'ils sont durs et crus, ne vous touchent pas au-delà de l'impression initiale. Mais quand vous vivez cette sensation de désespoir, tout change. Cette expérience en chair et en os est terrible, très terrible.

Maintenant, je suis justement dans cet état, perdu. Je ne sais pas où je me trouve, mais disons que je suis au milieu d'une région montagneuse. Isolé. On me chasse. Pratiquement, je n'ai nulle part où aller. Il n'y a aucun moyen de s'échapper, je ne connais pas le territoire. Je ne savais même pas que ces montagnes existaient sur la carte. Normalement, tout est censé être télégraphié maintenant via le GPS satellite, mais cela ne figurait pas sur la carte. Je préférerais être mort en ce moment même que de supporter le prélude d'une mort terrifiante annoncée. Toi seul contre le monde.

Je dois mentionner que je me dirigeais vers l'ancienne maison de ma mère, ma maison d'enfance. Cette maison est située dans un comté qui présente généralement un terrain montagneux et des paysages incroyables. Je conduisais ma berline de 1985 lors d'une journée ordinaire, une route que j'avais parcourue plus jeune et que je connaissais facilement. De la ville d'où je viens à ce village de 25 maisons niché dans les montagnes, cela faisait au moins quatre heures de trajet, mais le voyage était agréable en écoutant quelques chansons classiques des Beatles. Cette maison était abandonnée, mais selon ma sœur qui y était allée l'année dernière, elle m'a dit que la localité de 20 maisons était en grande partie désertée et délabrée. Il ne restait qu'une maison debout, celle d'un monsieur appelé Robert, et c'était la seule maison habitée dans toute la région. Ajoutons à cela que le vieil homme avait déjà plus de 80 ans.

Je venais de rentrer d'Australie après avoir vécu là-bas pendant 10 ans, fraîchement divorcé et cherchant à reconstruire ma vie. Quoi de mieux que de s'éloigner de la ville pour se retrouver dans cette région pleine d'arbres et d'air frais. Honnêtement, j'étais assez fatigué de la vie trépidante en ville après avoir vécu de cette manière en Australie et travaillé dans un grand cabinet d'avocats. J'en avais vraiment assez de tout cela.

Le fait est que je conduisais dans ma voiture quand soudain j'ai commencé à ressentir que le chemin que je connaissais bien commençait à changer légèrement. Alors que je pensais que c'était juste une perception du temps et des changements au fil des années où je n'étais pas là, j'ai réalisé que ce n'était pas une simple illusion mentale, mais que cette route sur laquelle j'étais n'était pas la route de Romit que je connaissais. C'était un autre endroit. Et puis, je ne sais pas pourquoi, mais ma peur a explosé soudainement, et j'ai immédiatement fait une pause pour comprendre ce qui se passait. En regardant dans le rétroviseur, j'ai vu au loin une route sinueuse de plusieurs kilomètres que je n'avais pas remarquée, et de chaque côté, d'interminables champs de maïs et d'autres cultures de feuillage élevé. Au loin, de grandes montagnes vertes. Clairement, ce n'était pas Romi Hill, c'était un autre endroit.

J'ai immédiatement essayé de me guider avec le GPS, mais il a complètement échoué, tout comme un appel téléphonique. Par expérience et compétence, je savais que dans ces endroits, les GPS et les téléphones portables avaient tendance à ne pas fonctionner, alors j'étais préparé ; j'avais une carte de la région. Mais ma surprise a été encore plus grande lorsque cette maudite carte n'a montré aucun signe de cet endroit.

Je voulais croire que c'était une erreur des maudits géographes ou de je ne sais qui fabrique ces cartes, mais j'ai maudit une paire de fois la marque qui vendait ces cartes de mauvaise qualité. Le fait est que je ne savais pas comment j'avais atterri là, mais je me suis dit que tout cela devait être une erreur. J'avais dû prendre un mauvais chemin en me détournant de l'autoroute. "Sacrée foutue erreur", me suis-je dit. "Tu vas devoir trouver une petite amie d'ici si tu ne veux pas te tromper de route", ai-je ajouté à ce moment-là entre des rires nerveux. Il ne s'est pas écoulé plus de 60 secondes avant que la sonnerie d'une camionnette de 1930 ne passe à côté de moi. À l'intérieur, on pouvait voir deux hommes élégamment habillés des années 30 qui m'ont lancé un regard furtif. J'ai pensé que ces gars-là filmaient une vidéo en se déguisant de cette manière. Je n'y ai pas prêté beaucoup d'attention, sauf que la plaque arrière ne correspondait pas aux plaques modernes de l'État du Texas, j'ai donc pensé qu'il s'agissait d'une voiture de collection, alors j'ai accéléré à nouveau.

La seule raison pour laquelle je n'ai pas fait demi-tour à ce moment-là était que je mourais de faim. À ce stade, j'avais déjà conduit pendant plus d'une heure, et revenir signifiait que je devrais attendre encore deux heures avant de manger une collation. C'était la raison pour laquelle j'ai continué sans imaginer ce qui allait suivre. Clairement, j'étais perdu, mais je ne voulais pas laisser passer l'occasion de savourer une collation de ces endroits, me suis-je dit.

J'ai accéléré la berline et dépassé rapidement la fourgonnette de 1950 que j'ai immédiatement vue dans le rétroviseur tourner vers un étroit chemin de terre. Alors, je me suis arrêté un peu, car j'ai réalisé qu'ils arrêtaient la voiture à environ 10 mètres après avoir commencé à s'engager, et tout à coup, j'ai remarqué qu'ils descendaient quelque chose de l'arrière. Comme la route était droite, bien que j'aie ralenti, j'ai pu voir qu'ils faisaient descendre une personne entre les deux individus. Cela m'a semblé étrange, c'est à ce moment-là que j'ai commencé à ressentir de l'inquiétude plutôt que de la peur.

Je n'y ai pas vraiment prêté attention. J'ai pensé que je m'étais trompé ou que j'avais vu quelque chose comme une silhouette, mais de toute façon, cela ne cessait de me tourner dans la tête. Environ dix minutes se sont écoulées, et j'étais impatient de ne voir aucun panneau indiquant dans quelle région ou endroit j'étais. Une chose étrange qui m'a également frappé était l'absence de voitures courantes sur n'importe quelle autoroute, bien que leur fréquence de passage soit moindre, mais j'en aurais déjà vu une.

J'étais un peu impatient, et dans mon esprit, cette scène de la fourgonnette sur ce chemin de terre continuait de me tourner dans la tête. Après environ 30 minutes sans voir aucun panneau sur toute cette route et sans voir de poste sur les côtés ou une quelconque ville, j'ai eu envie d'uriner. Cependant, j'avais peur de descendre rapidement à cause de l'inquiétude que cela n'était pas normal et que ce n'était pas sûr d'être là. Une petite voix intérieure me disait encore et encore : "va, va Jacob, sors d'ici, tu cours un danger, allons." Vous savez, l'inconscient. Quand quelque chose ne va pas selon le plan. Et tout le panorama vers l'horizon était pareil, une route interminable, droite et sinueuse qui n'avait pas de fin, et de chaque côté, ces champs de maïs interminables et troublants, et des plantations parfaitement alignées sans aucune personne qui travaillait.

J'ai pris une bouteille qui était à moitié pleine d'eau, j'ai rapidement bu le reste et sans hésitation, tout en maintenant la vitesse, j'ai introduit mon pénis flasque que j'ai à peine réussi à insérer et entre quelques accélérations, après une minute, j'ai pu vider ma vessie. Après l'avoir terminé, je l'ai jeté par la fenêtre. Et c'est juste à ce moment-là que j'ai dit : "ça suffit, il est temps de rentrer." Je ne sais pas comment j'avais conduit aussi longtemps, une heure à l'intérieur de cet endroit que je ne connaissais pas. Et c'est là que la peur a commencé à m'envahir. À ce moment-là, il était déjà quatre heures de l'après-midi, et par expérience, je savais qu'il faisait nuit vers 18h30 ou 19h. En faisant des déductions et des calculs, l'essence que j'avais à peine allait me permettre d'atteindre, en théorie, le point de Romit où j'avais initialement pris l'autoroute où il y avait une station-service si je le trouvais vraiment.

J'ai immédiatement fait demi-tour et j'ai commencé à accélérer. Cette situation ne me plaisait vraiment pas du tout. À ce moment-là, je me maudissais intérieurement : "Pourquoi ai-je fait ça ?" Comme si quelque chose m'avait hypnotisé pendant quelques instants et m'avait poussé à prendre cette décision, une décision étrangement incorrecte que je n'aurais jamais prise en Australie dans aucune circonstance. La règle d'or de tout avocat est : "ne jamais faire quelque chose qui pourrait te nuire plus tard". C'était une règle que j'appliquais toujours dans les procès ou les affaires que j'avais, et c'est pourquoi je n'avais jamais eu d'ennuis avec des types dangereux, car je choisissais toujours le client. Je n'aimais pas m'impliquer avec des types difficiles.

De retour, une fois que j'avais vraiment vérifié que je ne connaissais pas cette zone, j'ai éteint la radio. À ce moment-là, je ne voulais aucune distraction. Je savais que, indépendamment du fait que j'avais peut-être mal vu ou que c'était une pareidolie due à mon excitation, je savais que cet endroit était totalement inconnu par rapport à ce que je connaissais. Et le plus étrange, c'est que pendant une demi-heure, je n'ai vu aucune voiture, comme si tout le monde avait été englouti par la terre. Heureusement, j'avais un revolver avec sept balles de calibre .38 de 1945 que j'avais l'habitude de porter lorsque j'étais à Romit. Mon grand-père, un ancien marine de la Seconde Guerre mondiale, me l'avait légué en cadeau. Bien que ce fût quelque chose d'ancien, c'était assez fiable. Au moins, j'avais cette arme avec moi, mais je ne me sentais pas en sécurité pour autant.

Une heure après avoir fait demi-tour et n'avoir rencontré aucune anomalie pendant tout le trajet, mes poils se sont littéralement hérissés, et la terreur en moi a explosé comme si c'était une explosion de poudre. À environ 50 mètres de moi, une barrière d'au moins quatre troncs d'arbres bloquait le passage sur la route. Cette scène m'a totalement sorti de ma réalité. Comment était-il possible que quatre énormes troncs d'arbres, qui n'avaient même pas été complètement élagués, étaient fraîchement coupés et d'une taille considérable, étaient impossibles à franchir en voiture, et encore moins à déplacer. Le temps était parfait, il n'y avait aucun signe indiquant que ces arbres étaient là à cause d'une pluie ou d'une tempête. Il était évident qu'il y avait des esprits intelligents derrière cette action. J'ai freiné brusquement, évidemment, il n'y avait aucune possibilité de manœuvrer dans cette zone car les poteaux de la clôture des grands champs étaient au ras de la route, et il était impossible de les éviter. J'ai rapidement regardé le tableau de bord du carburant, et la peur grandissait en moi. Je n'avais aucune idée de qui avait délibérément laissé ces troncs là. Pourquoi une heure plus tôt j'avais passé sans aucun problème.

Ma tête tournait et tournait. Ma respiration devenait de plus en plus rapide par la peur d'être observé de quelque part, ou peut-être était-ce ma paranoïa. Face à ce tableau désolant, j'ai pris la décision amère et difficile de rebrousser chemin, où que cela me mène. Le carburant que je transportais calculait au moins deux heures, une heure de plus que là où je m'étais retourné. À ce stade, il était environ 17 heures. Je savais que cela devenait très inquiétant dans mon esprit paranoïaque, au-delà de savoir si c'était réel ou simplement ma tête qui me jouait un mauvais tour, j'ai manœuvré la voiture et je suis retourné à une vitesse un peu plus élevée que celle avec laquelle je venais.

Je n'avais aucune idée de qui ou de quoi causait cela, et je me sentais peu à peu comme une proie acculée. J'ai ouvert la boîte à gants et sorti le revolver, j'ai immédiatement enlevé la sécurité et l'ai placé à côté du levier de vitesse, prêt pour toute anomalie représentant un danger. Je n'hésiterais pas à faire feu. Le soleil s'était couché, et l'absence d'une explication logique pour cet endroit faisait monter ma peur à chaque kilomètre parcouru. "Tu as commis une grave erreur, Jacob, pourquoi as-tu fait ça ?" me disais-je encore et encore. Je n'étais pas un homme téméraire, mais tout cela échappait à mon contrôle mental. Juste au moment où je pensais cela, à environ 250 mètres de cette longue route, j'ai aperçu la camionnette que j'avais mentionnée au début, roulant un peu plus vite. Cela m'a donné une certaine joie au début, mais ensuite les nerfs dans mon estomac ont explosé. Je me suis demandé : "D'où diable sort cette camionnette s'il n'y a eu aucune déviation sur tout le chemin que j'ai parcouru avant d'arriver aux arbres ?" Ça ne sentait pas bon. Par crainte qu'elle ne me rattrape, j'ai accéléré, peu importe où menait cette route, je prendrais le risque. J'ai progressivement laissé la voiture derrière moi jusqu'à la perdre complètement. J'ai continué à cette vitesse sans m'arrêter, je ne pouvais faire confiance à personne, surtout dans une zone qui semblait tirée d'un étrange conte d'horreur. Il y avait des moments où on aurait dit que je n'avançais pas, car les champs se ressemblaient tous, on aurait dit que tout était figé dans le temps.

Et puis, cela s'est produit. Après une heure à avoir laissé la camionnette derrière moi, deux individus d'environ deux mètres de haut sont apparus au milieu de la route, vêtus de haillons. J'ai toujours cette image dans ma tête, une image qui me fait trembler. L'un d'eux avait les cheveux longs jusqu'aux épaules et tenait un arc. L'autre tenait une hache rouillée, mais de grandes dimensions. Ils étaient à moins de 70 mètres quand je les ai vus. Évidemment, face au danger, je n'allais pas m'arrêter. Alors j'ai accéléré... L'homme à l'arc a fixé ses yeux effrayants et vides sur moi, puis a tiré. J'ai fait une manœuvre rapide, et la flèche est passée à côté de ma tête par le rétroviseur. L'autre homme levait sa hache quand j'ai réussi à l'éviter de justesse. L'adrénaline a fait en sorte que tout se passe en un instant sans ressentir même une petite douleur lorsque, quelques mètres plus loin, je n'ai pas pu manœuvrer et j'ai perdu le contrôle de la voiture. Je dirais que c'étaient environ 50 ou 60 mètres avant de percuter la clôture.

Heureusement, je n'ai pas été blessé. Autant que possible, je suis sorti précipitamment de la voiture détruite d'un côté après avoir heurté un grand poteau de la clôture. Et sans faire de plan, je me suis immédiatement enfoncé dans ce champ de maïs et j'ai commencé à courir rapidement entre les rangées. Je n'ai même pas eu le temps de penser à ce qui se passait. Je suis reconnaissant d'avoir accepté ce cadeau de mon grand-père, car à ce moment-là, je portais mon revolver, ce qui me donnait un sentiment de sécurité supplémentaire que je n'aurais pas eu autrement. Cependant, dans mon cœur, j'avais l'impression de courir en rond, et je me sentais vulnérable. Je me pincerais souvent en avançant entre ces rangées qui semblaient un maudit labyrinthe, tout semblait identique, je pensais que c'était un rêve. "Réveille-toi, Jacob", me disais-je. Mais rien ne se passait. Je ne sortais pas de ce cauchemar. Malheureusement, c'était bien réel.

Je n'ai aucune idée de l'heure, mais je pourrais estimer qu'il est environ 7h30, le soleil est là depuis un moment déjà. Il aurait dû se coucher. Mais non. Je ne comprends pas pourquoi cela continue ainsi. C'est complètement anormal. J'ai l'impression de devenir fou.

Plus tard

Il s'est écoulé environ deux ou trois heures depuis que ces deux hommes sont apparus sur la route. Et il aurait déjà dû faire nuit, mais c'est toujours pareil. En ce moment, je suis sur un petit promontoire derrière des buissons, mais je ne vois toujours pas où je suis. On ne voit que des montagnes vertes interminables et des champs à perte de vue. J'ai assez faim.

Mon Dieu ! Ce ne peut pas être en train de se passer. Pourquoi moi ? Je doute que ce soit une satanée vengeance d'un client mécontent ou d'un rival du tribunal. En ce moment, j'enregistre en audio car je n'ai pas assez de batterie pour enregistrer en vidéo. Je fais cet enregistrement comme témoignage au cas où je ne réussirais pas à sortir vivant de cet endroit. Si quelqu'un le trouve, dans tous les cas.

Je regarde au loin depuis l'endroit où je suis, et on peut voir une trentaine d'hommes de taille considérable avec des tenues très étranges. Ils sont sans aucun doute à ma recherche entre les rangées de maïs. J'ai très peur. J'enregistre cela pour qu'il y ait une trace de ce qui m'est arrivé. J'ai une théorie, bien que je ne sache pas si elle est vraie, mais c'est une théorie quelque peu sinistre. Il est supposé que je connaissais toute cette zone quand j'étais enfant, mais toute cette nouvelle zone, je pense que ce sont des boucles temporelles, ces erreurs de la réalité qui s'ouvrent. J'ai apparemment pénétré dans une zone inconnue de l'espace-temps car je n'arrive pas à expliquer où diable je suis.

Cela ne peut pas être, ils se rapprochent, on entend des chiens... Mes mains tremblent, je peux à peine tenir le revolver, mais je vais certainement tirer. Oh non ! (J'ai murmuré) Ils sont là derrière moi, j'entends des chiens s'approcher par derrière moi, et je ne peux pas me retourner car si je le fais, ils pourraient me trouver plus rapidement. Ma respiration est complètement accélérée, mais on dirait que l'air n'entre pas dans mes poumons car je sens une oppression... ahhh ahhh. Ahhhh. (Cris).

Merci

"Le Livre le Plus Maudit

**Celui qui le lit ne redevient jamais le même -
Plongez dans l'Horreur Cosmique**

Jarbet Akhar

Avant-propos

Dans les annales de l'histoire oubliée, dissimulé entre les plis du temps et du mystère, repose un livre recherché par des générations de curieux et d'audacieux. Le plus maudit des livres d'Abdul, une œuvre légendaire de magie et d'horreur, est devenue une source inépuisable de fascination et de terreur depuis des siècles. Au fil des ans, il est devenu le Graal littéraire de ceux qui recherchent les secrets les plus sombres de la connaissance cachée.

Cette édition en espagnol du Plus maudit des livres marque un jalon dans la révélation de l'un des textes les plus énigmatiques jamais écrits. Les pages que vous êtes sur le point d'ouvrir vous emmèneront dans un voyage troublant à travers l'esprit et les obsessions d'un auteur condamné par l'histoire. Abdul, connu sous le nom de "fou d'Arba", a osé explorer les profondeurs de la magie noire et de la folie cosmique. Son héritage, reflété dans ces pages, est un mélange unique de terreur, de mythe et de sagesse interdite.

Contenu

Chapitre 1

"He passé beaucoup de temps dans cet endroit, et honnêtement, je ne saurais dire à quelle heure et à quelle date nous sommes. Je suis Abdul Alhazred, et j'écris ces lignes parce que je ne sais vraiment pas si je vais sortir de ce maudit désert de Ruval Javil. Ah ! (je regrette) Quand je suis venu de Perse, c'était en quête de secrets dans ce désert infâme.

J'ai toujours voyagé vers des endroits où je pouvais trouver quelque connaissance, des sources obscures, mais cet endroit a été trop pour moi. Et pourtant, je suis un mage et sorcier consacré, mais cela va au-delà de moi... de mes capacités. Ce que j'ai trouvé dans ces ruines inconnues, d'une origine incertaine... Je tremble. Le grand mage Abdul Alhazred ne devrait pas être facilement dépassé par cela. Mais non. Cela a été trop pour mon âme. J'aimerais sortir d'ici, mais je me suis empêtré dans tout cela moi-même. C'est terrible. Je n'aurais jamais imaginé qu'il existe de telles entités. Des êtres dotés d'un pouvoir indicible. Je croyais en la magie et en ces choses avant, car j'avais testé tout cela dans les terres lointaines, là-bas, dans ma belle région de Hardila.

Quand j'ai décidé de partir, c'était à l'été de 760 après J.C. Maintenant, je me retrouve je ne sais où. J'ai l'impression que les forces m'abandonnent. Je ne sais pas si c'est la terreur indescriptible que j'ai lue là-dedans. Dans ce maudit livre que j'ai laissé là-bas, dans les tunnels sombres de ces ruines. Je ne sais pas, c'est quelque chose que j'ai vu là-bas, je ne sais pas ce que c'est, mais c'est une abomination.

J'entends des bruits, des pas qui s'approchent... Je dois dire que je suis sur une colline en ce moment. Une colline de pierre. D'où l'on voit une partie de cette maudite vallée désolée. Au sommet d'une butte entourée de collines interminables, de zones montagneuses sans fin. Apparemment, j'ai perdu le chemin. J'ai perdu le chemin du retour. Je n'ai pas le choix. Mon eau est épuisée, ma nourriture est épuisée, et il ne me reste que cette drogue qui me garde sain d'esprit, cette fleur sombre, sans elle, j'aurais déjà paru fou.

Je dois sortir d'ici, me dit mon esprit, mais je ne sais pas comment... J'ai déjà lancé quelques sorts, j'ai essayé quelques choses. Oh ! (je regrette). J'aimerais être en Perse en ce moment, mais ce n'est pas possible. Je dois dire que je n'ai lu qu'une page complète de ce maudit livre, et ce que j'ai lu était l'horreur même. La folie manifestée. C'était horrible.

Rien que de me rappeler chacune de ces deux premières lignes, mon cœur s'emballe de manière indescriptible, et je finis trempé de sueur, et pourtant mon turban n'est pas sur ma tête. Cette nuit est glaciale, elle pénètre jusqu'à mes os, mais je ne veux pas retourner à ce livre. Je me suis arrêté à la cinquième ligne de la deuxième page. Néanmoins, quelque chose dans mon esprit incite à retourner là-bas. Et à le lire en entier."

"Je suis un sorcier, et vous savez bien que si c'était quelque chose de normal, un livre magique noir ou quelque chose du genre, je l'aurais certainement pris et serais sorti de là avec tout cela. Mais ce que j'ai trouvé est quelque chose de différent, cela émane d'une énergie au-delà de ma compréhension. La couverture en cuir ancien avec une date imprévisible. Mais elle est plus ancienne que les montagnes elles-mêmes. Du moins, c'est l'impression que ça donne à la vue.

Je veux dire que ces signes archaïques et diaboliques qui sont blasphématoires sur les côtés des pages et ces figures archaïques ont fait que je me suis arrêté. Si seulement dans les quatre premières lignes, j'ai lu quelque chose que je ne veux même pas mentionner. Mais au fond de mon âme, il y a quelque chose qui me pousse, quelque chose qui me dit : 'va, continue à lire'. Selon les langues apprises dans ma jeunesse, telles que le chaldéen, le perse et d'autres langues, cette langue est un mélange inconnu, mais j'ai pu comprendre. Je ne sais pas pourquoi. Peut-être est-ce parce que l'original sumérien que m'a enseigné mon maître Arbajú depuis ma jeunesse est lié.

Bien que je n'aie aucune idée de qui diable a écrit cette chose infâme qui avait du sang séché. Je pense que c'est du sang. Je me souviens encore... parce que l'encre rouge n'a pas ces tons si caractéristiques, et je peux le reconnaître à vue d'œil. J'ai soif. Je sais que ce livre cache des secrets infâmes. Cette chose est la vie et la mort en même temps. Si je parviens à sortir d'ici... reviendrai-je ? - je me demande. Non, non... je ne vais pas sortir sans ce livre, c'est certain. La seule façon dont je peux sortir est de retourner là-bas en bas, même si cela représente peut-être ma mort. Mais, mais je ne pourrais pas sortir d'ici, de cet endroit si désolé où des sons se font entendre et peut-être que des meutes de loups m'attendent là-bas. Mes sorts ne sont pas suffisants pour arrêter ces choses ou entités. C'est pourquoi j'ai besoin...

J'ai perdu la notion du temps dans cet endroit. Je ne sais pas si des semaines, des années ou des mois se sont écoulés, ou je ne sais quoi. Même dans mes pensées les plus folles, je n'aurais pas imaginé cela que j'ai trouvé là-bas dans ces ruines de ce palais très ancien. Et c'est énorme. Je vais vous raconter un peu de ce que j'ai vécu là-bas :

'Je savais seulement que je suis arrivé un jour du mois d'Herquishu, un jour d'archée du mois lunaire. C'était un été froid, mais c'était un très bon jour pour explorer. Je suis arrivé avec mon disciple des arts obscurs, Arkiu. Je connaissais cet endroit grâce à une carte que j'avais achetée par curiosité à un vieil homme appelé Farlu, à l'est de la Syrie, dans une province éloignée, en périphérie. Selon son récit, il a été trouvé au nord de Babylone, dans le désert d'Arlissa ou de Rubal. Cette carte était très ancienne, cela ne fait aucun doute. Même Arkiu, mon disciple, est resté stupéfait.

Bien que j'aie passé des centaines d'années à errer dans le monde, essayant différentes connaissances interdites - oubliées, au final, je pense que je suis proche de ma fin. Les connaissances magiques ne m'aideront pas à prolonger ma vie. La vérité a été trop longue, mais je n'ai aucun contrôle sur ce pouvoir. J'ai essayé quelques choses dans mon vaste répertoire, mais rien ne dissipe cette lourdeur, rien n'éloigne cela qui se rapproche de l'obscurité insondable. Il y a quelque chose qui approche de plus en plus et je ne sais pas ce que c'est. Et cela fait remonter mes peurs du plus profond de mon cœur.

J'ai une intuition. Quand nous avons trouvé l'endroit sur la carte, je dis si je me souviens encore de cet endroit, car il semble que tout a changé. Tout est chaotique maintenant, comme quand Arkiu et moi sommes arrivés. Ça ne ressemble plus à rien. On dirait que toutes les cordillères et zones montagneuses ont complètement changé. Je ne me souviens que de ça, mais cette zone boisée n'était pas là, tout est chaotique maintenant. C'est pourquoi il m'est impossible de sortir. Pourquoi ? Parce que je ne connais vraiment pas cette zone. C'est pourquoi une partie de mon esprit dit qu'il s'est écoulé des milliers d'années, mais je ne sais comment. Je n'ai pas d'explication. On dirait que cela-même a vieilli.'

"Nous étions très contents. Cet homme aux rides exagérément prononcées qui m'a vendu cette carte. Quand j'ai essayé de le contacter pour une question, je ne l'ai plus trouvé dans cette boutique d'antiquités dans la province de Perse, à l'est de la Syrie. Après avoir demandé, on m'a dit qu'il n'y avait jamais eu de vieil homme dans cette région, rien du tout. Je ne sais pas si c'était une illusion, mais la carte était entre mes mains et maintenant, quand nous nous sommes finalement aventurés sans savoir si c'était vrai... mais l'histoire que cet homme nous avait racontée, du moins cette petite histoire, une petite appât pour nous inciter à nous aventurer dans des terres lointaines, c'était ce dont ma curiosité avait besoin, selon ce que me disait ma curiosité. Et après un long chemin épuisant, nous sommes arrivés. Des montagnes, des vallées, des pentes et des pics que nous avons dû traverser pour finalement arriver à l'endroit où, selon cet homme âgé, quelque chose qui changerait ma perspective pour toujours se trouvait. Selon lui, je découvrirais la vérité des choses et que tout mon monde s'effondrerait lorsque je découvrirais ce qui se trouvait là dans des ruines. Mais après des jours décourageants à chercher, nous avons réussi à trouver l'entrée de cet endroit maudit, enfoui quelque part dans les sables de l'infâme désert perdu.

Dans un premier temps, nous avons essayé de chercher comme dans tous les palais en ruines, à la surface, mais non. Nous l'avons trouvé silencieusement sous la terre elle-même des sables de ce maudit désert de Rubal Jali, un désert de consternations, de démons et de sons grondants. Et ce silence insondable qui fait que tes pensées et les sons se retournent contre toi. Dans ce trou de 3 mètres par deux se trouvait l'entrée un peu inclinée, mais assez pour ne pas tomber au fond. Il y avait quelques marches pour se soutenir et soudain il y avait de la terre et des pierres détruites par le temps, où nous pouvions nous accrocher et descendre. Le fait est qu'il était composé de dizaines de passages et de sections comme des puzzles labyrinthiques. Ce palais semblait avoir été abandonné depuis des milliers et des milliers d'années. Du moins, c'est ce que j'ai pensé au début.

Abandonné pour je ne sais quelle raison. C'était une construction différente de tout ce que je connaissais. Il était divisé en différents niveaux, avec des escaliers étranges, des passages et des chambres de même. Arkiu était aussi étonné que moi, tout était si étrange.

Après avoir allumé quelques torches au deuxième niveau, après un certain temps, je me suis arrêté. Il y avait des signes étranges que je n'avais jamais vus et une langue inconnue pour moi. Je dis inconnue parce que bien que je parle sept langues anciennes, je ne connaissais pas cette langue si étrange, du moins je ne pouvais pas en déduire l'origine. En bas, il y avait une créature étrange, une créature assise sur un siège. Et apparemment, elle était vénérée par des individus selon les hiéroglyphes, ou quelque chose qui ressemblait à un hiéroglyphe très différent du cunéiforme. Ces représentations étaient d'un dieu et de ses sujets. Au milieu se trouvait le principal d'entre eux l'adorant. Mais au bout d'une lance, il tenait comme un bébé, bras tendus, offert en sacrifice à cette créature terrifiante.

Juste à ce moment, Arkiu est devenu très nerveux. Je ne comprenais pas pourquoi. Ensuite, un moment après, j'ai commencé à ressentir quelque chose moi aussi, comme si cette image ou cette scène nous avait éveillés de notre réalité. Comme disant : 'Fais attention, il y a quelque chose ici'. J'ai lancé plusieurs sorts et incantations, éveillant la conscience pour la protection de notre aura. Et alors, nous avons continué à descendre sans savoir ce que nous trouverions."

"Pendant plusieurs niveaux, il n'y avait rien pour nous réjouir, seulement des ruines et des murs effondrés appuyés sur la roche elle-même. Nous savions que cela ne s'effondrerait pas car c'était soutenu entre de grands rochers, alors nous avons continué à descendre. La vérité est qu'à ce moment-là, même si nous ne trouvions rien d'autre, j'étais déjà satisfait d'avoir trouvé cette scène au troisième niveau. Un aspect qui révélait une construction d'une civilisation perdue totalement inconnue pour moi. Mais ce que cet homme m'avait dit, que je trouverais quelque chose qui changerait ma perception de tout, je ne le comprenais pas. La connaissance est importante et rien ne m'arrêterait, me disait une partie de moi. 'Le grand Abdul ne s'arrêtera pas devant cette représentation inquiétante sur le mur, même si elle serrait mon cœur.'

Après plusieurs heures intermittentes, nous nous sommes arrêtés pour voir quelque chose de nouveau. Arkiu et moi, au fond de ce palais maudit, un long couloir sombre d'un bout à l'autre de l'horizon. D'où nous étions, après avoir descendu une dizaine de marches inclinées. Nous étions sur la base de ces escaliers, chacun tenant deux petites torches à la main, regardant où le couloir menait à un autre couloir, et apparemment à un autre. Probablement un autre couloir menant à un autre et à un autre. Arkiu s'est immédiatement précipité pour courir, mais j'ai essayé de l'arrêter avec : 'Attends, Arkiu.' Mais il ne m'a pas écouté. Il avança avec la torche comme un jeune homme va vers sa bien-aimée. Il tourna au coin de ce couloir et avança. Comme s'il était possédé par quelque chose, même si cette possession était simplement due à la curiosité innée. A l'aventure et à la découverte de choses.

À ce moment-là, les deux torches que je tenais ont commencé à tinter. Quelque chose d'inouï se produisait. Mon cœur a fait un bond, les battements ont commencé à s'accélérer au point que j'ai eu l'impression qu'il allait sortir de ma poitrine. Je me suis dit : 'Maudit soit Arkiu, pourquoi fais-tu ça ?' J'ai pris une poignée de poussière d'Arbalat que j'avais dans mon sac, attachée à ma poitrine, et j'ai jeté quelques petits chants, et la poussière a éclairé la zone devant et sur les côtés de moi pendant au moins quelques secondes. De plus, cela aurait théoriquement éloigné tout ce qui était proche ou approchant. J'ai accéléré le pas dans l'intention de rattraper mon disciple rebelle. Et j'ai tourné dans ce même couloir où Arkiu avait tourné quelques secondes plus tôt.

L'autre passage qui suivait était tout aussi sombre et assez long. À ce moment-là, il n'y avait plus de signes d'Arkiu, alors je n'ai pas voulu crier parce que l'écho dans cette zone était horrible. Mais totalement horrible. Il rebondissait sur toi. C'était comme si un million de démons hurlaient et se précipitaient sur toi. Et cela faisait que ton cœur se serrait. Je voulais revenir à ce moment-là. Quelque chose me disait à l'intérieur de moi : 'Allez Abdul, reviens, reviens.' Mais je n'ai pas obéi à ma conscience.

J'ai terminé comme j'ai pu ce passage au sol glissant, indubitablement ce palais était très ancien. Et cette zone avait une décoration différente de toutes les autres, à ce mois-là. À ce moment-là, en finissant le dernier passage, j'ai tourné à la dernière intersection où apparemment se montrait une petite ouverture de la taille d'un demi-homme, à peine pour un petit homme. Arkiu était plus petit que moi, mesurant à peine 1,55 mètre, il était petit. Et ce n'est pas que je sois si grand.

Quand je m'approchais, je savais que je pouvais passer par cette entrée. Avant de me pencher, j'ai probablement poussé cette petite porte verrouillée, mais pas avant de murmurer : 'A - r - i - u, es-tu là ?' mais il n'a pas répondu. J'ai essayé d'éclairer cette chambre sombre ou je ne sais quoi avec ma torche, et un froid étrange émanait de cet endroit. Immédiatement, je me suis retourné et l'obscurité insondable derrière moi dans le couloir m'a fait frissonner comme rien ne m'avait jamais fait frissonner auparavant. Et pourtant, j'avais été dans de nombreux endroits du monde où les esprits dangereux résidaient et où des choses dangereuses pouvaient être contemplées, mais c'était quelque chose de différent qui n'avait aucune explication."

Je savais qu'il n'y avait rien en bas, absolument rien. Je savais que dans cet endroit, aucun esprit n'habitait probablement, du moins rien de dangereux pour mes connaissances. Mais j'avais tort. Il y avait une énergie qui émanait de toute cette zone. Cela me rendait mal à l'aise et ne me faisait pas confiance en mes connaissances magiques.

Quand j'ai enfin rassemblé le courage et suis entré dans cette chambre, j'ai appelé mon disciple à voix basse quelques fois, cependant, à ce moment-là, la seule torche que je tenais de ma main droite a commencé à danser comme si un vent la frappait, mais que je n'étais pas capable de percevoir ni de sentir. À ce moment-là, j'ai réalisé que ce n'était pas une blague, car je savais que mon disciple ne plaisantait jamais. Et encore moins dans un endroit comme celui-ci lorsque nous explorions.

Cela m'a semblé totalement mystérieux. Complètement étrange. La torche n'éclairait qu'environ 2 mètres autour de moi, comme si l'atmosphère de cette zone était lourde et n'autorisait pas la lumière à entrer au-delà. C'était tellement insolite. C'était un silence assourdissant. Un silence qui écrasait l'âme et le cœur, les rendant petits. Il semblait que toutes mes connaissances en ce moment devenaient inutiles. Quelque chose était indéniable, une énergie cachée était là. Je ne pouvais pas imaginer ce que c'était, mais ce n'étaient pas des forces démoniaques, j'en étais sûr. C'étaient des forces au-delà de la compréhension de mon esprit, et à ce moment-là, je devenais fou. Une partie de mon esprit me disait de sortir de là, mais une autre voulait rester. À ce moment-là, je ne pensais même plus à où était mon apprenti.

Mais cette antichambre menait à différents couloirs. Comme une ramification, j'en ai compté plusieurs, enfin, je ne les ai même pas tous comptés, mais il y en avait entre 5 et 10, ou je ne sais pas combien, mais c'étaient des couloirs beaucoup plus étroits et certains plus larges qui se perdaient dans l'immensité d'on ne sait où, et je me trouvais devant le dilemme d'en choisir un. Parce que je savais bien que mon disciple avait probablement pris l'un d'entre eux, mais lequel ? Mais pourquoi n'a-t-il pas attendu ? c'était ma question. Je ne sais pas combien de temps s'est écoulé entre le dilemme, mais je me suis décidé à prendre le plus grand, celui du milieu.

À pas hésitants, j'ai commencé à avancer, 1, 2, 3, 4... jusqu'à ce que je m'aperçoive que j'étais déjà au fond de ce passage. Ce passage était plus étrange que tous les précédents. Les côtés, le plafond et le sol de ce passage étaient totalement différents de la roche. Il y avait des symboles très différents de l'écriture cunéiforme, de l'écriture hiéroglyphique ou de tout langage symbolique terrestre que je connaissais. Je n'ai même pas essayé de déchiffrer ces symboles, mon esprit me disait de le faire, mais pourquoi ? C'était une peur, je le sais, de trouver quelque chose peut-être. Mais je ne me suis pas arrêté pendant un bon moment. Ces inscriptions gravées dans la pierre ou ce qu'il en était restaient gravées dans mon esprit.

Et alors, lisant sans lire, quelque chose de horrible, de terrifiant, m'a arrêté. L'entrée d'une porte énorme et décorée d'une figure si terrifiante que même ma pensée la plus folle n'aurait pu l'imaginer. Une créature indescriptible, si on peut l'appeler ainsi. Cette représentation blasphématoire. C'était totalement une masse informe d'aspect cosmique avec des yeux apparemment partout, et des protubérances visqueuses en relief. Vraiment, je ne sais pas comment la décrire, je ne pourrais pas le faire, mais j'ai réalisé que c'était une créature, une créature avec des tentacules et d'apparence intelligente, clairement un dieu de quelque sorte, sculpté tout autour de cette gigantesque porte de 4 à 5 mètres de large. Et alors que je lisais et marchais, j'atteignais la fin et oui, c'était une porte. Depuis l'endroit où j'étais, on ne pouvait pas voir s'il y avait une ouverture et je ne savais pas comment passer cette entrée, ou peut-être était-ce la fin de ce passage. Parce que cette porte était apparemment en pure roche ou granit.

À ce moment-là, je ne m'en étais pas rendu compte, mais tout indiquait que je m'étais trompé de couloir, ou peut-être pas, mais il semblait que c'était la fin, ou peut-être pas ? Je m'approchais... mon cœur battait presque hors de ma poitrine. Mon cœur battait puissamment, ma respiration devenait fatigante à chaque pas que je faisais. Peut-être que ma peur n'était pas de revenir, mais de cette figure que j'avais vue, avec des tentacules et des yeux partout, ou peut-être à cause des éons que cet endroit avait traversés. Parce que si j'avais vu un homme avec une tête étrange, cela ne m'aurait pas effrayé. Même lorsque je suis allé dans les vestiges de la ville d'Uruk remplie de démons, je ne me suis pas senti effrayé. Peut-être que c'était la figure ou ses dimensions qui m'effrayaient le plus. Ces pas que je faisais semblaient éternels.

Alors je me suis arrêté juste devant la porte énorme, aussi grande que la porte de Babylone. La peur était indescriptible. J'ai regardé en arrière dans le couloir où j'étais quelques minutes plus tôt et j'ai vu la même obscurité incarnate. Et pour la première fois, mon esprit m'a ramené à la réalité. Qu'est-ce que je faisais là ? Comment étais-je arrivé ici ? Parce que même si j'aimais tout ce qui était lié aux arts mystérieux, je savais que cela était très différent et dangereux. Parce que

que j'avais déjà oublié le chemin du retour, parce qu'à ce moment-là, j'ai plongé ma main dans le sac que je portais, et j'ai découvert que je n'avais pas d'autre torche... que les autres avaient été prises par Arkiu et celle que je tenais était de courte durée. Peut-être que si je continuais à avancer sans feu dans cette obscurité impénétrable, il serait extrêmement impossible de sortir à nouveau. Alors mon âme a hurlé.

Alors que je pensais à cela, un cri terrifiant retentit, provenant de ces ramifications de couloirs où j'avais marché quelques minutes auparavant. Et alors, j'ai réalisé que ces cris et ces voix inintelligibles, l'une de ces voix était celle de mon élève et l'une de ces voix, la plus macabre que j'ai jamais entendue de ma vie, provenait de quelque chose qui attaquait ou qui faisait du mal au corps d'Arkiu.

Mes poils se sont dressés, littéralement, je suis resté pétrifié, immobile, avec la torche dans ma main gauche tremblante tout en tintant et en se déplaçant d'un côté à l'autre. Et quelque chose était en train de dévorer le jeune homme. Je ne savais pas quoi faire. À ce moment-là, je voulais me retourner et courir dans le même couloir où convergaient les autres et être dévoré, par je ne sais quelle créature ou entité. Il semblait qu'il n'y aurait pas d'échappatoire de cet endroit car il n'y avait plus de ramifications de l'autre côté de cette fin de ce couloir sombre et impénétrable, et d'interminables hiéroglyphes ou signes. Sauf si c'étaient sur les côtés, comme si c'était une histoire racontée par quelqu'un essayant de m'avertir de quelque chose ou simplement des spéculations.

Alors, craintivement, je me suis appuyé sur cette roche, et sans le vouloir et sans avertissement, j'ai appuyé sur une sorte de mécanisme, peut-être un morceau de roche mobile incrusté dans la pierre, et alors... la porte a commencé à s'ouvrir lentement et a résonné dans tout cet endroit terriblement. Les niveaux de ma peur étaient abyssaux, un degré d'effroi que même dans mes cauchemars les plus fous, même quand j'étais dans ces terres lointaines de Barklai et que j'ai affronté ces choses abominables, je n'ai jamais ressenti ça.

Quand elle s'est enfin ouverte à environ 90 degrés, elle s'est arrêtée. De ce côté-là, l'obscurité était moindre. De ce côté, il y avait une lueur de lumière venant d'un endroit ou d'une provenance que je ne pouvais pas voir. Comme s'il y avait des chandeliers quelque part éclairant. Parce que la lumière me parvenait faiblement, mais elle arrivait. Alors, j'ai rassemblé mon courage. Et j'ai pensé que c'était mon élève et qu'il avait réussi à arriver avant moi. Alors, j'ai marché et marché, mais cette salle était gigantesque. Je ne pouvais pas voir de couloirs, mais des ouvertures comme des portes au loin dans de nombreuses directions. Ces anciens chandeliers étaient allumés à la fin de chaque entrée. La lumière était réelle. Je savais que je n'étais pas en train d'halluciner.

J'ai pu percevoir que cet endroit était habité par quelqu'un ou quelque chose, mais qui ? Il me semblait improbable que mon élève ait fait cela, allumé tous ces chandeliers. Mais alors, la peur s'est à nouveau abattue sur moi. Après avoir rappelé ce qui s'était passé quelques instants plus tôt, j'ai été à nouveau figé. Ma tête ne fonctionnait pas bien dans cet endroit. On aurait dit que j'oubliais des morceaux, des moments... Cela devenait trop effrayant. Je voulais partir, mais je ne savais pas comment. C'est là que j'ai réalisé que je me résignais. Je savais que je ne pourrais pas. Je savais que sortir de cet endroit ne serait pas facile car les chandeliers qui étaient allumés, et que je pensais utiliser au cas où le mien s'éteindrait, étaient en pierre fondue dans la même structure. C'était impossible de les briser. Alors, je me suis souvenu d'un sort, de quelques mots que m'avait enseignés mon maître Ardilac, qui pouvait créer une sorte de lueur avec de la poussière de terre, mais je n'ai trouvé aucune terre là-bas, tout était parfaitement propre. Les sols en pierre lisse et les côtés, mais cela dégageait une aura inquiétante, comme si cette structure était là depuis des millions d'années.

Et à nouveau, on entendait en moindre mesure des hurlements. C'étaient des cris de quelque chose, de quelqu'un, mais de qui ? Ils étaient humains. Bien que je ne savais pas si quelqu'un, en dehors d'Arkiu, me faisait une blague. Les bruits de la créature cette fois ne se faisaient pas entendre, seulement un mélange de cris humains. Alors une voix commença à chuchoter dans une langue sumérienne : "Abdul, qui es-tu ?" C'était quelque chose de si étrange que je pensais halluciner. Comme s'il s'agissait d'une pareidolie mentale. Alors, j'ai continué à marcher.

Lorsque j'ai enfin marché un peu, il y avait un couloir très particulier qui menait à un endroit élevé, très similaire à un ziggurat sumérien ou acadien. Au-dessus de cette salle gigantesque, il y avait trois entrées. J'ai marché vers la pente en haut où il y avait cinq chandeliers autour et où le feu ne dansait pas, comme c'est habituel pour toute torche, comme s'il était peint. Avant même que je ne m'en rende compte, j'étais au sommet de cet endroit. Sur le sommet, il y avait un autel et au pied de l'autel, il y avait une ouverture suffisamment grande où coulait du sang.

Sans aucun doute, c'était du sang sur l'ouverture car c'était frais, et quelque chose a attiré mon attention, faisant que mon cœur se serre de peur, mais que pouvait-on faire à part crier ? J'ai immédiatement regardé en bas, et la lumière était suffisante pour voir des ombres et des corps. Je pensais voir quelqu'un ou quelque chose pour au moins comprendre ce qui se passait, mais non, il n'y avait personne, seulement une atmosphère dure et crue. Je me sentais traqué. Je ne savais que faire. Je me sentais comme un enfant pris au piège par quelque chose de très sombre.

Ce sang ne sentait rien, mais c'était du sang devant moi. De chaque côté du conteneur, il y avait des chandeliers en or et des œuvres typiques avec des signes archaïques. Mais en cet endroit, il n'y avait que quelques signes exclusivement sur la base en pierre de cette zone. Il y avait deux couloirs qui montaient au sommet de l'endroit où j'étais monté, et là, c'était ça. Au lieu d'une représentation d'un dieu ou quelque chose comme c'était typique à Canaan, où les Cananéens adoraient leurs dieux Baal, Dagan, ou Moloch, qui passaient leurs enfants à travers le feu, il n'y avait pas de représentation d'un dieu ici. Il y avait quelque chose de totalement différent. Un livre, un livre assez épais avec des feuilles rustiques sans poussière apparente. Au début, je pensais le prendre, mais je me suis arrêté. Je ne savais pas ce qu'il pouvait contenir, s'il y avait un piège ou quelque chose.

J'avais déjà oublié ces détails, comme le fait que nulle part ailleurs les chandeliers ne durent aussi longtemps. Je veux dire, si cet endroit existait depuis des millions d'années, pourquoi ne s'éteignaient-ils pas et n'émettaient-ils pas le caractéristique vacillement de la flamme ? Et ce n'était pas la flamme que je connaissais. Sur la base de cet endroit où se trouvait le sang et en direction du livre, il y avait deux marches pour se positionner juste devant le livre. J'ai fait deux pas, un et deux, pour voir de près cette œuvre mystérieuse. Quand je l'ai vu, j'ai ressenti quelque chose à l'intérieur de mon âme qui est mort et qui ne m'a plus jamais rendu le même.

Quand je l'ai vu, je n'y ai rien compris. Mais apparemment, j'ai vite compris. Ce livre était écrit dans une langue sumérienne cunéiforme ou dans une langue proto-sumérienne, la plus ancienne connue. Mais ce que je ne comprenais pas, ce étaient ces signes qui étaient écrits sur les côtés de ces couloirs. Mais ce livre était écrit dans un proto-sumérien très étrange. C'était quelque chose de très mystérieux. J'ai réalisé que cela n'avait ni logique ni explication. Si ces temples ou palais avaient été construits des millions d'années avant la fondation de la première ville sumérienne. Est-ce que les sumériens avaient découvert ce temple-palais ? Y avait-il des gens là-bas en ce moment ? Mon cœur faisait des loopings, je ne savais pas quoi faire. Mon esprit me disait que ce livre contenait des choses dangereuses. C'était peut-être dangereux rien que d'être là en face de lui, car il y avait probablement quelqu'un qui veillait sur l'endroit. Et j'étais...

À ce moment-là, alors que j'étais comme hypnotisé, j'ai ouvert la première page je ne sais pas comment, mais j'ai ouvert ce livre maudit. Quand j'ai regardé les premiers symboles... des symboles que d'une manière ou d'une autre j'ai pu comprendre, bien que je ne les connaisse pas. Mon âme s'est perdue, elle s'est liée aux forces les plus sombres du cosmos. Une partie de moi voulait sortir de là, une partie de moi voulait détourner le regard de cette maudite chose, mais mon cerveau était en train de se consumer. Tout cela resterait tatoué à jamais dans mon esprit. J'ai essayé de penser à quelques incantations pour me défaire de cette hypnose ou de ce pouvoir maléfique qui pesait sur moi, mais cela m'a été impossible.

J'ai tourné la première page et j'ai commencé la deuxième. À ce moment-là, j'avais appris des secrets insondables que même l'homme le plus sage de la cour du roi Harnusal aurait du mal à supporter une ligne. Les caractères condensés étaient des centaines de choses. Il contenait tellement d'informations sur une seule page que cela aurait fait exploser le cerveau de l'homme le plus habile de la cour du roi Harnusal. Puis, me souvenant d'un passage du Livre des Morts égyptien du Pharaon Batinop II, je savais que cela pouvait fonctionner. Je sentais et je savais que si je continuais, cela allait me tuer tandis que je lisais chacune de ces maudites lignes, cela me diminuait et mon esprit errait dans des lieux insondables et inexplorés, remplis d'entités et de êtres plus qu'iniques.

Le lieu était dans un silence au-delà du assourdissant tout autour de moi. J'ai rappelé ce récital égyptien qui était capable d'apaiser les entités les plus maléfiques du panthéon égyptien, c'est ainsi qu'il s'appelait. Je ne sais pas comment j'ai pu le faire. Je pensais que cela ne fonctionnerait pas complètement, mais d'un coup : cela a fonctionné incroyablement, une seconde, juste une seconde, et je me suis retourné en retenant ma respiration. Et là, je l'ai vu derrière moi à quelques mètres de la base de l'escalier en pierre dans le couloir devant moi. Je le connaissais. Là était le dieu jaune Nyarlathotep, le chaos rampant, vêtu d'une tenue apparemment sumérienne. Sur sa tête, il portait une couronne, ainsi que des bracelets sur ses bras squelettiques et quelques pans de tissu. Ses yeux étaient totalement rouges, on pouvait à peine voir la pupille dilatée. C'était trop, beaucoup trop, beaucoup trop terrifiant. Le Livre du Nécronomicon parlait dans la première page de cet être cosmique et insaisissable. En même temps, je le craignais. Et alors, il était là immobile, et moi aussi, nous nous regardions intensément.

Après un clignotement, une fois que mes yeux étaient devenus trop secs à force de le regarder fixement, la figure diabolique avait disparu. Je me frottai les yeux dans une tentative de savoir si cela avait été réel ou le produit de ce même phénomène que je vivais. Finalement, j'optai pour la seconde option, que c'était une pareidolie mentale résultant de ce que j'avais lu dans ce livre. Jetai un coup d'œil rapide autour de moi et fermai immédiatement le livre, le scellant. Alors, avec une terreur indéniable dans mon âme et un cœur qui mourait en moi, je sortis par où j'étais venu avec une faveur démesurée. Je ne sais toujours pas comment j'ai pu le faire, c'est quelque chose que je ne sais pas et que je n'explique pas... mais je suis sorti sans torches et rien pour éclairer les couloirs sombres. C'est quelque chose que je n'oublierai jamais si je sors de cette vallée. Et c'était impossible de sortir de là de cette manière.

L'obscurité était accablante. On ne pouvait pas faire un pas sans tomber dans l'obscurité. Ces constructions... peut-être que je ne m'en souviens pas complètement, mais mon disciple Arkiu, je ne sais pas ce qui lui est arrivé. Et je ne sais pas si tout cela a été une invention de ma part. C'est ainsi que tout cela s'est déroulé. Mais maintenant, je vais me relever d'ici. C'est étrange... mais les hurlements des loups ont cessé, le silence terrifiant d'autrefois est revenu depuis longtemps.

Je ne pense pas retourner en Perse car je me suis résigné à rester ici... j'ai décidé de retourner pour le Necronomicon... Sacrifier mon âme au dieu Nyarlathotep, le chaos rampant. C'est mon destin, c'est ce que les voix du livre m'ont dit. Je dois rester ici, c'est la seule façon d'apaiser la colère du dieu jaune. Et ce n'est pas un sacrifice pour l'humanité. C'est un sacrifice parce que je le désire. Parce que les choses que j'ai lues ont pénétré mon âme. HAHAHAHEHEHE (rires maléfiques) Nyarlathotep aluyiua felir amerkio aop senerwi guistef amishe dalem ameshi jaf ertemijosh...

Frissonnant
Histoire de Suspense et d'Horreur à la Française

Alexander Ashter

"À l'instant avant ma mort, j'ai vu le visage de mon assassin dans le miroir."
Edgar Allan Poe

29

Avant-propos

"Frissonnant" abrite l'une des histoires les plus terrifiantes de ces dernières années. Deux récits d'horreur convergent, entrelaçant la peur dans une expérience qui te poursuivra bien après que les pages se soient refermées. Profites-en !

Contenu

Chapitre 1

J'ai ouvert les yeux, et cela semble être un rêve. Tout ce dont je me souviens, c'est de cette nuit où j'ai dîné ce steak... aussi quand j'ai lu ce livre, mais je ne suis pas sûr duquel. Je ressens de la confusion dans mon esprit. Je ne suis pas sûr d'où je suis. Le fait est que cela semble être une sorte de cabane ou quelque chose du genre. Une cabane d'environ 5 mètres de long sur deux ou trois de large, pas très grande, mais pas non plus très petite. Et de ce que j'ai remarqué, elle n'a pas de fenêtres non plus. Tout mon corps me fait mal, comme si j'étais dans le prélude d'un puissant rhume, mais ce n'est pas dû à cela. (gémissements)

Je vais essayer de me lever et ouvrir la porte au bout de cette construction. Clairement, je ne sais pas ce qui se passe, car cela ne semble pas être un rêve, ou peut-être que si ? On dirait que j'ai dormi pendant des années, je regarde autour de moi et je ne vois absolument rien d'autre que les murs et le toit rongé par le temps.

Heureusement, la porte n'est pas verrouillée, et je m'apprête à l'ouvrir.

Oh non ! Qu'est-ce que je fais dans une forêt ? C'est une forêt, mon Dieu. Le ciel est nuageux. Essaie de réfléchir, Roger, qu'est-ce qui t'est arrivé ? Et pourquoi es-tu ici ? Au milieu de nulle part et dans une petite cabane.

Quand suis-je censé être arrivé ici, et de quelle manière ? Ça ne peut pas être, je ne me souviens absolument de rien. On entend un corbeau au loin, des bruits étranges d'animaux résonnent au fond de cet endroit. Je ressens une certaine inquiétude rien qu'en pensant à m'aventurer davantage dans la forêt, mais cela n'est pas normal. Si je ne sors pas d'ici, qui va me sauver ? Ai-je bu et me suis-je perdu ? Mais je ne bois pas. Cependant, cette forêt est extrêmement étrange. J'ai censé être dans de nombreux types de forêts lors de mes voyages en tant que touriste, mais cet endroit est tellement... cela éveille en moi une vague de sensations qui me font me sentir nerveux. Je jette un coup d'œil furtif derrière moi à l'intérieur de la construction, comme si j'abandonnais. Mais pourquoi ? Je n'ai rien ici pour rester, rien qui me retienne à cet endroit, je dois savoir où je suis.

Ces chants de corbeaux me font frissonner, ce n'est pas courant ce genre de cris glaçants, n'est-ce pas ?

"Saint ciel ! Oh non ! Un oiseau noir de la taille d'un chat vient de se poser sur cette branche d'un arbre ! Il me fixe avec des yeux diaboliquement rouges. Allez, oiseau, dégage d'ici ! Je crie d'une voix un peu chuchotante à cause du nervosisme, mais avec assez d'assurance pour effrayer l'oiseau.

Je vois qu'il ne me prête pas attention, il continue simplement à me regarder avec des yeux furieux, comme s'il était hypnotisé par ma présence. Ça me perturbe, et pourtant je suis à peine à l'entrée de cette porte en bois rongée par les siècles. Je vois que la maison est d'une teinte grisâtre en raison de l'ancienneté du bois. Elle ne semble pas être peinte, mais a pris une teinte grisâtre-blanchâtre, je suppose que c'est à cause des centaines ou dizaines d'années que cette chose a ici, bien que ce soit du bois et cela me semble très étrange qu'il ait duré autant, surtout compte tenu de l'humidité habituelle dans ces endroits. Qui prendrait la peine de peindre cette chose.

Bon. Laissons cet oiseau ici, je pense qu'il est fou. Parce que si je lui accorde trop d'importance, c'est moi qui serai fou. Je veux croire que c'est normal que les oiseaux de cette espèce inspirent un peu de peur, surtout si on les voit dans un endroit menaçant.

J'ai descendu quelques marches d'un escalier rudimentaire qui donnait l'entrée à cette cabane. Et sans me tromper, cela semble avoir été d'une manière ou d'une autre la demeure de quelqu'un, mais elle est maintenant envahie par toutes sortes de branches, bien que je remarque qu'il n'y a aucun chemin à suivre, donc je prendrai n'importe quel sentier qui me semble être un candidat possible pour me mener hors de cette forêt.

Oh non ! Qu'est-ce que c'est ? Sainte Marie et Joseph, mais c'est... Je viens de me cacher derrière un bosquet d'arbres. Je n'avais pas marché ne serait-ce que 30 mètres quand je viens de voir quelque chose qui m'a laissé le cœur battant. Littéralement, ma peau est hérissée de mille frissons. Il y a une vieille dame voûtée tenant un bâton et portant une capuche médiévale qui marche lentement vers la cabane. Ça ne peut pas être, suis-je en train de rêver ? Cela doit être un maudit rêve."

"Allez Roger, réveille-toi de ce rêve, s'il te plaît. Allez ! C'est un foutu cauchemar, j'en suis sûr, bien sûr que c'est un cauchemar, c'est un rêve, je vais en sortir. Mais s'il te plaît, pourquoi, pourquoi ne me réveille-je pas ? La peur me prend...

Maintenant que je me souviens, cette vieille femme ressemble à la vieille qui mangeait les enfants dans le livre que je lisais cet après-midi. Je me souviens maintenant, du roman "de la forêt sombre" de Fabi Lovty. Non. Non non non...

Quelque chose de très sinistre se passe ici. Elle s'est arrêtée. Nooo. Je n'avais pas vu cela au-dessus de ma tête. À l'aide, je ne peux pas crier, ma voix ne me répond pas. Mais au-dessus de ma tête, il y a, une nuée de corbeaux qui ne font pas de bruit. Certains loups du bois ont commencé à sortir pour accompagner cette sorcière démoniaque. Ma respiration s'accélère. Calme-toi Roger, calme-toi, c'est un rêve, rien ne va t'arriver. Tu te réveilleras bientôt.

La vieille vient de retirer sa capuche, oh qu'est-ce que c'est ? C'est une abomination épouvantable. Sa peau est ensanglantée, ses yeux sortent de leurs orbites. Et on dirait qu'elle me regarde. Noooo. Elle commence à rire aux éclats et commence à marcher vers moi... c'est un rêêêêêêve.

FIN"

La Maison de Tante Hermey

"À quelle heure vas-tu arriver, chéri ?" s'entendait Mme Hermey à travers le vieux téléphone portable de M. Roberto, qui conduisait une camionnette Chevrolet 1954 à double cabine. À l'arrière, il y avait Emily, 14 ans, sa fille, et son frère de 18 ans, appelé Farb. Mme Ammy, sa femme, avait passé un appel de dernière minute pour leur dire d'allumer la radio car une forte tempête hivernale se rapprochait peut-être, bien que ce ne soit pas rare dans les régions du comté d'Orby Hill. Elle l'avait fait pour qu'ils se préparent et n'aient aucun contretemps car la nuit approchait. Et il restait encore un bon trajet à faire, étant donné la manière dont M. Robert conduisait.

"Bien sûr, chérie, merci de prévenir. Nous espérons rentrer pour le dîner, je vais allumer la radio tout de suite", répondit son mari au téléphone tout en raccrochant rapidement avant de dire : "tu sais comment est sa mère, toujours un peu exagérée".

"On dirait qu'ils sont impatients d'arriver chez tante Hermey", plaisanta son père tout en les deux garçons faisaient des visages peu enthousiastes. Le fait est que cette visite à cette heure de 16 heures n'était pas très courante. Et ce voyage était fait parce que M. Robert, frère de Mme Hermey, qui se trouvait à environ 50 km de la ville de Kirch, avait eu des problèmes avec le chauffage, et comme l'hiver approchait, son frère Robert, expert en plomberie et en gaz, était venu lui donner un coup de main.

"Je ne voulais pas venir, papa", déclara la jeune fille.

"Je sais que tu n'aimes pas saluer ta tante, chérie, mais tu es déjà là. Je ne pouvais pas te laisser chez ton amie d'où je t'ai récupérée".

"Je le sais, papa, mais tu sais, tante Hermey commence à parler de choses étranges et ça m'ennuie. Elle pose toujours des questions bizarres, comme si j'avais déjà un petit ami et tout ça".

"Joue le jeu", répondit son frère, qui à cet âge l'aidait souvent avec son père dans les travaux de plomberie et d'électricité qu'il faisait autour de la petite ville.

"Cela sera rapide, nous n'y passerons pas longtemps", dit son père, et les deux acquiescèrent à l'arrière.

Dis papa, sais-tu si nous partirons en vacances avec grand-mère cette fin d'année ? Il ne reste que quelques semaines, déclara Emily.

Je ne sais pas, cela dépend du travail que nous aurons, en plus, nous avons encore beaucoup de dépenses. Nous devons encore beaucoup d'argent depuis que ta mère est tombée malade.

D'accord père, dit Emily quelque peu apenada.

L'important, c'est que nous allons bien et que ta grand-mère va bien aussi.

Quelques minutes plus tard, alors qu'ils discutaient, la jeune fille et son père, le garçon fixait son regard sur quelque chose qui l'empêchait même de prononcer un mot. Puis, un cahot le ramena à la réalité, et avec un doigt, il toucha l'épaule de sa sœur, lui faisant signe de regarder derrière eux, sur le chemin qu'ils parcouraient.

Au moment où elle posa son regard sur ce qui se trouvait là-bas, le visage de la jeune fille changea de couleur, devenant pâle, et ses lèvres commencèrent à trembler. Le jeune homme essayait de parler, mais il ne pouvait pas, et alors, avec un effort pénible, il parvint à dire balbutiant : "P-papa, accélère, il y a quelque chose qui nous suit."

À ces balbutiements, M. Robert tourna brusquement la tête pour jeter un coup d'œil fugace à son fils, et à sa surprise, il était pâle. Il posa immédiatement son regard sur le rétroviseur, et une masse de choses noires se dessina derrière le nuage de poussière laissé par le camion.

Je n'arrive pas à distinguer à cause de la poussière. Qu'est-ce que c'est que ça ?

Père, ce sont des loups... plus de deux meutes de loups, beaucoup trop grands... je n'avais jamais vu de loups comme ça, sauf dans les films. C'est le double de la taille habituelle. - Révéla son fils.

Mon Dieu ! - bafouilla Robert une fois qu'il eut clairement vu la tache déformée à travers le rétroviseur gauche. Mais que diable se passe-t-il ? - murmura-t-il tout en appuyant sur l'accélérateur sur cette route de terre en mauvais état.

Mais pourquoi nous suivent-ils ? demanda sa fille terrifiée par ce qu'elle était en train de voir.

On va les perdre tout de suite. - Vociféra le monsieur Robert légèrement en colère. Les enfants se regardèrent en se demandant, est-ce que les loups poursuivent vraiment les camionnettes ?

En fait, la zone où vivait tante Hermey était à environ 50 kilomètres de la ville de son frère Robert, immergée dans le comté d'Artum où se trouvait une vaste forêt. Cette région n'était habitée que par moins de 100 maisons éloignées les unes des autres.

La sœur de Robert était veuve depuis 15 ans, juste à l'âge de 40 ans, et cela l'avait beaucoup affectée. Elle ne sortait généralement pas de cette région à moins que ce ne soit vraiment urgent. Et quand elle le faisait, elle se déplaçait dans une vieille Volkswagen de 1948 appartenant à son défunt mari, M. Dani Ofwel, un ancien militaire de la Seconde Guerre mondiale qui était beaucoup plus âgé qu'elle lorsqu'ils se sont unis en saint mariage.

En général, M. Robert ne la visitait que tous les quelques mois, donc cette visite de dernière minute était pour qu'elle répare le chauffage, car des hivers difficiles approchaient et sa sœur avait l'habitude de passer des mois sans sortir de chez elle. Dans cette région, il était difficile, voire impossible, de survivre à un hiver sans chauffage. Les froids étaient durs.

Nous les avons perdus papa. Les loups ne sont plus visibles. - Cria Emily avec une certaine joie. Cela m'a vraiment effrayée, ajouta-t-elle.

C'est étrange. - Marmonna son père, jetant des regards furtifs dans les deux rétroviseurs. - J'ai visité ta tante au moins les 15 dernières années, quoi, 30 fois au total, et je n'ai jamais vu un loup. C'est anormal. Peut-être qu'ils ont pensé que la camionnette était un grand taureau ou un animal. Ils doivent avoir faim.

-Pero si así fuera, ¿por qué están tan grandes padre? - comentó su hijo mayor.

- Bueno eso sí, son intimidantes y la mayoría son negros. Aunque, probablemente sea la distancia que los vimos quizás haya sido una simple apariencia.

-Puede ser musito su hijo incrédulo ante aquella probabilidad.

Je vais appeler ta mère, dit monsieur Robert. Il essaya immédiatement, mais le signal commençait à faiblir.

Maudite soit ! Ce qui manquait.

Père, regarde, il commence à neiger. - Hurla Emily.

Maudits soient. Marmonna-t-il pour lui-même. Nous ne pouvons pas faire demi-tour, nous devons arriver chez ta tante, résoudre le problème et repartir immédiatement. Au moins, il faudra quelques heures avant que ça ne s'intensifie, assez de temps pour sortir de cet endroit, assura-t-il.

Eh bien, espérons que ce soit le cas, père.

Bien sûr, ma fille, je n'ai jamais échoué à anticiper ces conditions météorologiques de la région. Et cela fait environ 20 ans que nous avons déménagé ici.

Au fond de monsieur Robert, il y avait une certaine inquiétude, car dans toute son histoire vivant dans ces régions, il n'avait jamais vu de loups poursuivant des personnes. La seule attaque documentée remontait à il y a 40 ans.

Plus tard

"Combien de temps cela fait-il depuis que tu es venue, ma chère ?", demanda Robert à sa fille.

"Je ne sais pas, père, je pense que cela fait 4 ans."

Ah, regarde, père ! Nous sommes presque arrivés, dit son fils en pointant du doigt à l'extérieur tout en jetant des regards rapides autour d'eux. Au loin, on pouvait voir une bifurcation de deux routes, l'une menant à la maison de sa tante et l'autre plus à l'intérieur. Robert prit le chemin où se trouvait un panneau indiquant le kilomètre 50.

Nous arrivons dans environ 5 minutes, s'exclama-t-il avec enthousiasme, avant d'ajouter : "Je n'aime pas venir par le chemin de terre, il y a beaucoup de trous."

Après un court trajet, ils aperçurent enfin l'immense maison en bois au style ancien de sa sœur. Une maison qu'elle avait héritée de son défunt mari.

Qu'est-ce qui s'est passé ici ? s'étonna son frère depuis la distance. - Ce doivent être les vents hivernaux, mais les clôtures sont tombées. Pauvre sœur, je lui ai dit qu'elle pourrait être bien avec nous, pourquoi endurer cela seule ici ?

Après avoir jeté un coup d'œil rapide, M. Robert tourna légèrement la tête pour regarder en arrière, comme pour s'assurer qu'il n'y avait aucun loup sur les côtés. Évidemment, il ne voulait aucune surprise. Il essaya de rappeler sa femme, mais sans succès.

Bon, nous sommes arrivés, descendons immédiatement et entrons, ordonna son père en sortant, suivi de près par ses enfants en direction de la maison. Ils marchaient rapidement, car d'une manière ou d'une autre, la peur les pressait, ils ne voulaient en aucun cas rencontrer une meute de loups affamés. Ils avaient à peine franchi les 12 mètres qui séparaient l'entrée de l'endroit où ils avaient garé la voiture jusqu'à la maison.

Arrivés à la porte, ils frappèrent, mais tante Hermey ne répondit pas. Après trois essais, M. Robert ouvrit et, à sa surprise, la porte n'était pas verrouillée. Ils entrèrent tous et refermèrent derrière eux.

À l'intérieur, un silence spectral régnait.

Bonjour, sœur, nous sommes arrivés. J'ai vu ton message vocal, je suis venu régler le problème. Salut, y a-t-il quelqu'un à la maison ?

Après quelques salutations et sans recevoir de réponse, Robert se dirigea vers les étages supérieurs, en demandant à ses enfants de l'attendre dans le hall du rez-de-chaussée.

M. Robert monta et, en disant "bonjour, sœur", il inspecta chambre après chambre sans résultat.

La maison était immense, avec au moins 10 chambres à l'étage et une cinquantaine en bas, se répartissant entre la cuisine et d'autres pièces. Lorsqu'il eut vérifié les 10 chambres sans succès, il se dirigea vers la chambre la plus éloignée, où sa sœur dormait.

-Hé, es-tu endormie, sœur ? Salut. Il a frappé trois fois, puis a osé entrer. Après une inspection rapide, il se retourna et pensa : "Hmm, elle doit être sortie, mais attends, sa voiture est là." Devant un mauvais pressentiment, il se dirigea vers une grande fenêtre donnant sur la forêt. Et c'est là qu'il l'a vue... La bouche complètement ouverte et sentant un frisson, M. Robert sortit précipitamment de la pièce en criant : "Les enfants, les enfants." Face à ce murmure incessant, les enfants montèrent un peu les escaliers pour rejoindre leur père. Ils le regardèrent pâle et lui demandèrent en chœur :

Que se passe-t-il, papa ? Il jeta un coup d'œil furtif aux deux et leva les yeux.

Devons-nous sortir d'ici ?

Que se passe-t-il, père ? demanda son fils. Il avala sa salive et répondit en chuchotant. - Ma sœur est derrière la maison, à environ 50 mètres avant la forêt, complètement déchiquetée. Et vous savez qui sont les coupables. Les frères se regardèrent. Le père remonta rapidement et retourna dans la chambre de sa sœur.

Attends ici dehors, ma fille. Ordonna son père.

Toi, viens Farb, jette un coup d'œil. Dit-il à son fils aîné.

Et alors, la terreur s'abattit complètement sur eux devant la scène macabre qu'ils étaient en train de vivre. Des centaines de loups entouraient la maison, aussi loin que pouvait porter leur regard par la fenêtre. On pouvait en voir certains dévorant les restes de sa sœur. Et ce n'était pas un mensonge, ils étaient énormes. Beaucoup plus grands que tout ce qu'il avait vu de sa vie.

M. Robert n'avait pas d'explication face à cet événement insolite.

Ce sont les mêmes parents, murmura Farb. - Nous ne pourrons pas sortir.

Son père le regarda et jeta un coup d'œil furtif au sol. - Regarde, ils nous regardent. Ils sont énormes. - Marmonna son fils. **Alors la terreur commença.**

Les énormes loups tentèrent d'entrer dans la maison. La panique était indescriptible. "Entre dans la chambre, ma fille !" lui cria son père immédiatement tout en se précipitant vers la porte. -Aide-moi à mettre cette armoire et cette commode, mon fils. Lui ordonna-t-il en barricadant la porte avec force et en plaçant toutes sortes d'objets.

-J'ai peur, papa, chuchota sa fille assise sur le lit de sa tante. -Prends ce bâton, dit M. Robert à Farb, et il prit un couteau dans un tiroir de sa sœur.

Les bruits brutaux en bas se faisaient entendre. On pouvait entendre le choc de leurs corps enragés contre la porte. Et après quelques minutes, le son de la porte tombant cessa. C'est alors que M. Robert comprit que c'était la fin...

Fin
Merci beaucoup

Cauchemar sur la Planète Inconnue :

42

Roman de suspense et d'horreur

43

"L'existence de la réalité est une chose étonnamment étrange. Même ceux qui l'étudient, et peut-être même plus encore, constatent souvent que leur connaissance s'enfonce de plus en plus dans un trou d'incompréhension et de mystère." **Thomas Ligotti**

Avant-propos

Dans les coins les plus sombres de l'espace, un cauchemar se déchaîne. Herny Fernel raconte une odyssée terrifiante sur une planète inconnue, où des êtres sinistres rôdent dans l'obscurité et la survie devient un jeu mortel. Une histoire de suspense et d'horreur qui vous captivera dès le premier instant.

Contenu

Chapitre 1

Je me retrouve seul. Je suis le seul survivant du vaisseau interstellaire Rafael1 qui s'est écrasé sur une planète inconnue. Je n'ai aucune idée de l'endroit où je suis, mais je sais que je me trouve dans un lieu inexploré par les explorateurs de la compagnie. Ce qui nous a attaqués, c'est peut-être quelque chose d'inconnu, ou je ne sais comment le nommer.

Nous nous dirigions vers la planète Rocheuse U18. Nous nous rendions sur la planète minière simplement pour une mission de reconnaissance. Cette petite planète était à environ trente jours de la Terre et abritait une équipe d'environ 50 travailleurs avec des engins lourds creusant certaines zones, extrayant des métaux et des minéraux importants qui étaient ensuite extraits et raffinés à certains points de la Terre pour la création de différents produits de haute technologie.

Nous étions 25 membres de l'équipe 1 de la compagnie, se dirigeant régulièrement pour assurer la sécurité autour de la planète rocheuse, environ 70 fois plus petite que la Terre, mais totalement inconnue. En théorie, aucun danger imminent, car c'était une planète avec seulement une chaîne de formes de vie, des essaims de moustiques et de telles choses, évidemment d'aspect étrange. Et avec très peu d'eau à l'état liquide.

À mon escouade, il lui revenait de venir au moins deux fois par an, soit au début soit à la fin, et nous restions généralement une semaine ou deux au maximum, puis nous étions réaffectés à d'autres zones comme des satellites. Il est à noter qu'en 2065, année où nous nous trouvions, la Terre était devenue suffisamment technologique pour avoir voyagé et colonisé environ 15 exoplanètes et satellites avec de l'oxygène dans une plus ou moins grande mesure, mais pas entièrement habitables autour du système solaire, mais avec des ressources énergétiques suffisantes.

Les itinéraires communs tracés des vaisseaux ne sortaient pas au-delà du système solaire de Pluton dans ces zones, elles étaient donc des itinéraires tracés et très connus. Mes compagnons et moi voyageions cette fois pour une autre mission, rien d'extraordinaire. En fait, nous étions sur le point d'arriver, peut-être quelques heures à la partie la plus éloignée des routes de la compagnie, c'est-à-dire à environ 800 000 kilomètres, ce qui, en termes spatiaux, n'est rien. Et puis, devant une telle normalité, quelque chose nous a frappés par derrière. À ce moment-là, je ne savais pas ce qui se passait, je supposais que c'était un morceau de météorite ou quelque chose du genre. Parce qu'il n'était pas courant qu'un vaisseau spatial n'appartenant pas au gouvernement de sociétés externes à la Terre puisse être observé, l'humanité n'ayant même pas encore contacté d'autres êtres intelligents d'autres mondes pour s'inquiéter de tels êtres.

Le choc était terrible. La coque de protection a été endommagée à l'arrière et nous avons commencé à dévier. Nous avons pris une direction inconnue dans l'espace profond. Les systèmes de communication ont commencé à dysfonctionner et tout s'est éteint. Le vaisseau interstellaire Rafael1, d'une capacité de 100 membres d'équipage et d'une longueur d'environ 35 mètres sur 8 de large avec un double étage, tombait à une vitesse vertigineuse et sans direction intelligente dans l'espace profond sans contrôle.

Nous avons navigué pendant environ 48 heures terrestres, résignés à mourir frappés par des astéroïdes ou je ne sais quoi. Heureusement, au début, le vaisseau a résisté à l'impact de quelques nuages de poussières et d'astéroïdes en raison de la coque résistante à l'avant du vaisseau, mais soudain, le vaisseau a commencé à plonger vers une planète totalement sinistre et sombre, mais avec assez de lumière d'un soleil mourant.

Après des minutes intermittentes et avec la résignation que nous allions mourir en heurtant ce monde inconnu, j'ai récité ma dernière prière, ma famille était dans mon esprit, sur Terre, ma fille qui venait de naître et sa mère qui allait bientôt rester seule. Nous nous dirigions vers un impact imminent devant cette planète inconnue. Avec mes 25 collègues des forces de sécurité de la compagnie, chacun avec ses rêves et ses histoires à venir, la plupart jeunes de moins de 35 ans.

Et puis, à ma grande surprise, le vaisseau a supporté l'impact de cette énergie colossale. Mais tout cela était dû au fait que cette planète avait une atmosphère étrange, extrêmement anormale. La roche était un peu moins résistante, on pourrait dire par rapport à la roche de n'importe quelle partie de l'univers connu.

La plupart d'entre nous avons survécu, bien que nous soyons meurtris par l'impact. Sur les 27 membres de l'équipe de sécurité, d'anciens soldats de l'armée américaine, seuls 18 d'entre nous ont survécu à ce moment-là. Nous avons fait tout ce qui était en notre pouvoir pour communiquer avec la base qui était sur la planète Rocheuse U18. Malheureusement, les systèmes de communication étaient complètement morts et endommagés. Et il était impossible de communiquer. Tout le système du vaisseau central était complètement éteint. Les moteurs se sont effondrés et étaient totalement endommagés.

Selon les paroles d'inquiétude de notre ingénieur et expert en technologie de la compagnie, cela était impossible à réparer sans les composants nécessaires qui se trouvaient uniquement sur Terre. Il y avait un désespoir collectif au fond. Mais d'une certaine manière, il y avait une chance de sortir de là, en pensant que la compagnie enverrait quelques vaisseaux à notre recherche, comme cela s'était déjà produit une fois avec un groupe d'ingénieurs qui s'étaient finalement écrasés sur un petit astéroïde de plusieurs kilomètres. Au moins, nous étions sauvés de l'impact colossal qui, si c'était une autre planète avec les conditions normales, nous n'aurions plus été en vie et nous serions réduits en poussière. Bien que la planète soit complètement étrange, elle semblait être une chaîne montagneuse brutalement vaste sans fin. Tout le planète donnait l'impression d'être plongé dans une nuit éternelle de 6 ou 7 heures. On pouvait voir, mais pas aussi bien que je le voudrais, au moins de près, on pouvait voir les visages, mais au-delà, non.

Après une heure à récupérer du choc que représentait cette situation, le commandant Harvey a ordonné que nous prenions nos équipements. Immédiatement, chacun a pris son sac à dos et tout son bagage avec des armes. Nous avons mis nos casques avec des lampes de poche. J'ai pris mon fusil calibre 44 f4 similaire au R15, mais plus moderne. Chacun a pris les masques à oxygène pressurisés capables de sortir au cas où ce monde n'aurait pas d'oxygène, comme l'indiquait le lecteur automatique à pile du vaisseau qui n'avait pas besoin d'énergie pour fonctionner. Il indiquait que la gravité de cette planète était environ ou très similaire à celle de la Terre, extrêmement étrange. Face à une telle donnée perturbante, le commandant Harvey a ordonné de sortir du vaisseau et d'inspecter ce monde. Au moins, dans ce vaisseau, il y avait assez de nourriture pour au moins un demi-mois, mais nous ne pouvions pas nous confier trop, nous avons donc immédiatement cherché une solution.

Le commandant a ordonné que six personnes restent à l'intérieur du vaisseau écrasé au cas où quelque chose se produirait, et qu'elles attendent notre retour. Nous étions bloqués au fond d'une chaîne de montagnes et nous étions à la merci de tous les dangers au cas où il y aurait un danger. Cette zone semblait avoir fait partie d'une rivière il y a des milliers d'années, mais peut-être cela était dû à la même érosion d'eau liquide qui se produisait régulièrement. Bien que pour le moment, cela indiquait qu'il était sec.

La sensation était glaçante, je me souviens quand nous avons commencé à sortir du vaisseau et à faire nos premiers pas sur cette planète... L'atmosphère était si étrange. L'air était sec, nous le ressentions sur la peau. Par ordre du commandant, personne n'a enlevé son masque pressurisé. Au moins, l'oxygène pouvait durer environ 6 ou 7 heures sans problème avant de retourner au vaisseau pour le recharger au cas où l'oxygène de l'extérieur serait dangereux et mélangé à d'autres gaz. Le commandant Harvey a pris la tête dans cette vallée. Les roches étaient étranges au toucher et au poids. Elles donnaient l'impression d'être des éponges durcies. Et c'est précisément à cause de cette anomalie que notre vaisseau ne s'est pas complètement brisé. Le commandant a ordonné à chacun de prendre une posture défensive avec les fusils levés, marquant une distance entre chacun, comme si nous marchions vers l'ennemi. Et nous l'avons fait par précaution au cas où...

Et ainsi nous avons commencé à marcher, marcher et marcher. Clairement, cette planète était très similaire à la Terre en termes de gravité. C'est pourquoi la fatigue ne s'est pas fait attendre. Mais quelque chose d'étrange a commencé à se produire soudainement. Après environ deux ou trois heures dans une atmosphère sèche et chaude d'environ 28 degrés, nous avons commencé à ressentir un froid glacial, c'était quelque chose qui nous a pris par surprise, pour ensuite, comme si ce n'était pas assez, un vent très fort a commencé à se mêler au froid, puis après quelques minutes, le froid est parti.

Soudain, le vent s'est intensifié davantage, de plus en plus, et la peur a commencé à se faire sentir parmi nous tous. Nous ne savions pas si c'était naturel, le produit de la planète elle-même, ou si quelque chose provoquait cette anomalie. Le commandant Harvey a immédiatement ordonné de se diriger vers certaines petites grottes ou ce qui ressemblait à des grottes en haut de certaines montagnes qui se trouvaient au loin. C'est ce que nous avons fait. Immédiatement, nous avons commencé à nous déplacer comme nous le pouvions pour escalader certaines zones, et c'est alors qu'à mi-chemin, quelque chose a commencé à empirer encore, déjà que l'atmosphère était comme une soirée, vers 7 heures, ajoutée à la bourrasque forte, puis une fumée noire comme un brouillard dense a commencé à teinter toute l'atmosphère du lieu. Devant cette scène désolante, nous avons redoublé d'efforts pour courir de plus en plus afin d'atteindre le sommet.

Ensuite, quelque chose a commencé à sortir de l'obscurité du brouillard et a commencé à emporter certains de nos compagnons qui étaient à l'arrière, parce que les cris que j'entendais étaient terrifiants. Il n'y avait pas d'option pour nous arrêter. Mais du coin de l'œil, j'ai pu avertir que les ombres les atteignaient et immédiatement, les cris les plus horribles et sinistres que j'aie jamais entendus ont pu être entendus pendant quelques secondes. Résignés à sembler être là pour ceux d'entre nous qui étions en tête, nous avons fait un dernier effort pour fuir ce brouillard qui s'approchait rapidement de nous.

Ces dernières secondes ont été éternelles, mais nous avons réussi à atteindre l'entrée de la petite grotte. Malheureusement, certains de ceux qui étaient restés en arrière ont été rattrapés et dévorés par je ne sais quoi. Une fois à l'intérieur de la grotte, nous avons respiré péniblement, bien que nous ne sachions pas si nous étions vraiment en sécurité à cet endroit. Au fil des minutes qui passaient, toute la zone extérieure de cette vallée semblait s'être couverte de ce brouillard sombre et sinistre, car au loin, tout était pire que la nuit la plus noire.

Nous sommes arrivés à 8 sur les 13 qui sont sortis du vaisseau. Cette grotte était petite, une grotte naturelle érodée par le temps d'une profondeur d'environ 3 mètres de haut sur deux de large, et l'entrée, un mètre de large seulement. Au fond de cette grotte, nous pointions tous nos fusils vers l'entrée. Nous pointions tous nos fusils vers l'entrée, prêts à tirer sur tout ce qui entrerait. Et alors le brouillard a commencé à devenir de plus en plus dense, au point que l'obscurité était insondable, même nos lampes ne passaient pas plus d'un demi-mètre, comme si cette obscurité était la gravité elle-même dévorant la lumière. Nous avons éteint nos lampes pendant quelques instants parce que des cris se faisaient entendre en bas, et pour éviter d'être vus, nous avons fait cela.

La peur était indescriptible, mais je ne pouvais pas la montrer, nous avons tous peur, la différence est comment nous agissons avec cette peur. Et face à une telle situation, je n'allais pas commencer à crier et à échouer. Parmi les huit, la respiration était incessante, nos mains moites tremblaient, et le doigt sur la gâchette s'engourdissait. Indubitablement, cette planète était habitée par quelque chose, mais cette chose était trop puissante et effrayante. Il n'y a pas de qualificatif ou de mots pour écrire ce qui sortait du brouillard. Rien de semblable à ce à quoi nous avions été confrontés auparavant.

Et puis, des créatures aux têtes squelettiques et aux bras osseux, avec très peu de chair, en somme, des abominations comme des tumeurs de chair vivante et morte, ont émergé de l'ouverture. Nos lumières se sont allumées au son des tirs. Les huit chargeurs se sont vidés après avoir touché ces choses. C'est là que nous avons réalisé que les abominations étaient mortelles, indubitablement, car le feu les a fait tomber dans le vide rocheux. Devant cette réaction, nous avons immédiatement rechargé nos armes au cas où d'autres arriveraient. À ce moment-là, l'adrénaline était à son maximum, et la peur s'était dissipée pendant un moment de victoire après avoir tiré et touché ces choses.

Mais nous ne savions pas s'il y en aurait d'autres en masse. Il y en avait clairement plus dehors. Chacun de nous n'avait que cinq chargeurs et un couteau. Pendant ce temps, les radios de communication étaient hors service. Dans nos sacs à dos, nous avions simplement des rations alimentaires pour une journée. Nous n'aurions jamais imaginé que cela arriverait. Qu'un tel danger nous guettait.

Le commandant Harvey marcha prudemment vers l'entrée avec son fusil levé. Il voulait s'assurer que ces choses ne reviendraient pas. Parce que presque immédiatement après cela, le brouillard semblait s'être dissipé à l'extérieur et la luminosité à la surface de la planète était différente, plus dégagée. Après un coup d'œil furtif à l'horizon, il réalisa qu'il n'y avait rien, et c'est alors qu'il murmura : "Je ne sais pas si c'était réel, je ne sais pas si c'était le produit de notre imagination collective, mais nous devons sortir d'ici immédiatement. Nous ne connaissons pas les cycles de la planète, si tout cela est normal ou non."

Face à cela, nous sommes passés à l'action. Nous étions à environ 4 kilomètres du vaisseau. Le problème était que si nous atteignions le vaisseau, que ferions-nous ? Nous n'avions aucun plan B dans cet endroit maudit. Nous le savions tous très bien au fond de nos cœurs. Nous savions que c'était trop étrange pour être un phénomène naturel pur et dur. Le commandant avait raison, il n'y avait pas de plan alternatif pour sortir de cet endroit au cas où ce phénomène étrange se reproduirait, ce phénomène qui avait emporté certains de nos compagnons. Clairement, c'était habité par quelque chose d'abominable qui provoquait tout cela, ou c'était un étrange phénomène incompréhensible pour nos esprits terrestres. Un phénomène qui emportait les êtres vivants et les poursuivait, indiquant une intelligence. Depuis notre arrivée, c'est-à-dire depuis l'impact, nous étions 27, maintenant, seulement si nos compagnons étaient encore en vie dans le vaisseau, nous serions 14. Quatre ont été emportés par cette chose dans la brume quand nous sommes arrivés. Le commandant Harvey a commencé à descendre et nous l'avons suivi. Nous n'avons pas posé de questions, nous étions tous terrifiés à l'idée que ces choses réapparaissent, mais rester dans cette grotte n'était pas une option.

Et puis, quand nous avons parcouru 3 kilomètres sur le même chemin de gorges sinueuses, en direction du vaisseau écrasé plus bas, cette fois-ci, il n'y avait pas de brouillard sombre lentement, cette fois-ci tout a commencé à s'obscurcir rapidement, et il n'y avait même pas le temps d'avoir peur. Et alors des créatures ont commencé à émerger de l'obscurité de la brume. C'était le chaos. Nous tirions tous dans toutes les directions sur des êtres à l'apparence monstrueuse. Rien de connu jusqu'alors. Nos lampes ne pouvaient à peine voir à un mètre de distance seulement lorsque nous tirions sur ces choses qui approchaient. Et peu à peu, nos compagnons ont commencé à partir un par un. Après avoir couru presque à l'aveuglette, Harvey et moi sommes arrivés à la Rafael1, mais face à l'horreur, nous avons découvert. La porte principale était complètement ouverte. Et de loin, on pouvait discerner tous nos compagnons complètement déchiquetés, comme si quelque chose s'était récemment régalé d'eux. Les crânes étaient complètement sortis de la cavité crânienne et les yeux sortis. Ils étaient clairement sortis et étaient tombés dans le piège de ces choses, désobéissant à l'ordre de Harvey de rester toujours à l'intérieur.

Nous avons immédiatement fermé la porte sans même prendre le temps de vérifier à l'intérieur, mais il n'y avait pas de temps. Ces choses venaient après nous. Après avoir fermé la porte, ces choses se sont écrasées sur toute la coque en essayant furieusement de renverser l'entrée. Harvey et moi étions immobiles, contemplaient cette scène épouvantable, sortie du film d'horreur cosmique le plus sauvage et abstrait. Seule la lumière de nos casques pointait fugacement vers les abominations diaboliques qui s'écrasaient comme des zombies, mais mille fois plus abominables. Elles frappaient et déchiraient leurs dents tranchantes contre la vitre. Nous espérions simplement qu'elle ne se déchirerait pas, bien qu'elle ait été conçue pour résister même aux impacts de petits astéroïdes dans l'espace profond. Peu à peu, nous faisions marche arrière, et devant l'horreur que notre cerveau ressentait inconsciemment, nous avons fermé le rideau de la fenêtre d'entrée. Nous n'étions même pas préoccupés par la possibilité qu'une abomination se trouve à l'intérieur.

Quelques temps plus tard.

Après tout cela que je raconte, plus de 40 jours se sont déjà écoulés. Hier, j'ai mangé la dernière conserve et bu la dernière eau que le vaisseau contenait comme aliment. J'ai trop soif. Je ne vous l'avais pas dit, mais Harvey est attaché dans la soute à provisions. C'est ma seule chance de vivre au moins quelques jours de plus, au cas où la compagnie, que je suis sûr a lancé au moins une opération de recherche pour nous retrouver. Mais ces putains de systèmes de communication ne se sont pas allumés du tout, seulement une radio indépendante s'allume soudainement pendant quelques minutes. C'est alors que je lance des appels de détresse, mais jusqu'à présent, je n'ai reçu aucune réponse.

Je suis désolé pour Harvey. Je lui ai dit que ce n'était rien de personnel, mais si ça n'avait pas été lui, ça aurait été moi, c'est sûr. Et plutôt que de pleurer chez moi, je préfère que ce soit chez lui. Je sais que c'est cruel, mais je n'ai pas d'autre choix ici. Mon inquiétude maintenant, c'est l'eau. Au moins, j'ai du feu. Le problème, c'est qu'Harvey a au moins 7 litres de sang que je boirai comme de l'eau. Même si cela ne durera pas longtemps. Au moins deux jours. Et sa chair est le gros problème. Sans eau, je ne pourrais pas vivre plus de trois jours, donc à partir de maintenant : cinq jours me restent, priant tous les dieux de la terre de m'avoir pitié et d'envoyer le maudit vaisseau me sauver. Je veux voir ma fille grandir, je veux être avec ma femme les années à venir et élever ma fille. Il n'est pas possible que ma vie se termine de cette manière à 30 ans, en étant un enfoiré, en trahissant mon commandant Harvey, comme je l'appelais affectueusement. Et tout ça pour survivre. Dans d'autres circonstances, je n'aurais pas fait ça, mais simplement parce que ma fille est née et que je viens de me marier, je ferai ça. Indubitablement, l'être humain fait l'impossible pour ses êtres les plus chers. J'espère que vous ne me jugerez pas. Je sais que la plupart feraient la même chose.

Cinq jours plus tard

Cela ne peut pas être. Je ne me soucie même plus des abominations qui, toutes les cinq ou sept heures, commencent à frapper furieusement le hublot frontal du vaisseau. Et apparemment, après tant d'assauts, la vitre cède peu à peu, et l'un de ces jours, elle explosera en morceaux. J'ai réalisé que cette planète abrite des êtres diaboliques, mais peut-être que c'est leur nature normale. Peut-être que c'est une mauvaise saison et qu'ils ont faim dans cet endroit chaotique et désolé.

Aujourd'hui est mon cinquième jour, et je meurs de soif. Ce matin, je viens de finir le dernier liquide vital : la moitié d'un verre de sang de Harvey. Malheureusement, je l'ai étranglé, et pour éviter que le sang ne se répande, je l'ai suspendu tête en bas, puis tout a coulé goutte à goutte jusqu'à la dernière goutte dans un contenant. Je dois aussi dire que... je viens de rôtir un morceau de sa chair à feu doux. J'avais entendu dire que cela avait un goût un peu comme le poulet, mais ce salaud, je ne sais pas pourquoi, est sorti dur et dégoûtant, peut-être à cause de la marinade. Mais au moins, j'ai pris mon dernier petit déjeuner. Ce demi-verre de sang n'était rien pour mon organisme qui réclame plus d'eau. Je pense que je suis déshydraté. Et c'est dangereux. Mon pouls est très élevé, ça fait déjà 7 heures que je n'ai pas uriné. Je vois que la maudite compagnie ne nous a apparemment pas secourus, ou peut-être n'a-t-elle pas trouvé cet endroit. Maudits soient-ils !

6 heures plus tard

J'ai eu une petite convulsion, mais passagère. Je me sens beaucoup, beaucoup trop fatigué. La mort par manque d'eau est terrible, et très chaotique. Je pense que la seule façon de mettre fin à tout cela rapidement est de sortir là-bas et d'être dévoré. Je ne veux pas subir tous les tourments de la déshydratation sévère car peut-être je survivrais encore au moins un jour ou deux dans le même enfer. C'est pourquoi, dans une heure, j'ouvrirai la porte et j'accepterai ce que Dieu aura pour moi.

Je t'aime, ma fille Ashley. Au cas où quelqu'un me trouverait, même après 100 ou 200 ans, je veux qu'ils sachent que j'ai aimé ma famille comme je n'aurais jamais pu imaginer aimer. Le New Jersey était l'endroit de ma naissance. Pour ne pas prolonger cela, je dirai que j'étais un trafiquant de drogue, j'étais un salaud qui faisait les pires choses imaginables, le pire. Et je pense que le karma m'a finalement rattrapé. Beaucoup de gens innocents ont payé à cause de moi. Mais quand, il y a 4 ans, j'ai rencontré Romi, ma femme, j'ai changé mentalement et j'ai quitté cette vie de merde, puis il y a un an, nous nous sommes mariés et ma fille venait de naître.

Il y a presque 4 ans, j'ai rejoint l'armée. Heureusement, je n'avais pas de casier judiciaire, et j'ai été admis. Mais au fond de moi, je savais que j'étais un salaud. J'avais un passé sombre. Ils m'ont finalement accepté, et j'ai duré trois ans sous les drapeaux. Après avoir quitté l'armée, j'ai rejoint la compagnie énergétique minière de reconnaissance et d'abstraction appelée Darvfe. Ma femme m'avait changé. De salaud, je suis passé à penser à un avenir avec ma famille. C'est pourquoi j'ai fait tout ça, c'était une question de circonstances.

Porque dans d'autres circonstances, je n'aurais jamais fait ça. Je veux que cela soit enregistré, que pour aucune raison je n'aurais fait ça, mais c'est la seule façon d'en arriver là, mais je me rends compte que cela n'en valait probablement pas la peine. Parce qu'au fond de mon cœur, je ressens des remords, car, si je meurs dans quelques minutes ou quelques heures, j'ai énormément peur que mon âme aille en enfer. Je ne sais pas, j'ai peur.

Je pensais que je le faisais pour quelque chose de juste selon moi, mais je regrette en ce moment. En ce moment, je me suis levé et je marche vers la porte de sortie. J'ai ouvert l'écoutille pour regarder à l'extérieur, et apparemment il n'y a pas ces choses maintenant, mais cela m'importe peu : je marcherai, marcherai jusqu'à l'extérieur et là, debout, je les attendrai. Parce que je sais qu'ils reviendront. Parce qu'en calculant le temps, il ne reste pas longtemps avant leur retour. Mais je dois dire que j'ai un cadeau avec moi dans le sac à dos, oh oui ! environ 2 kg d'explosifs liquides que la compagnie utilise pour dynamiter certaines zones rocheuses de minéraux dans des zones très dures. Et ce liquide de 2 kg de Morquina, je l'ai activé, et il a le pouvoir de détruire environ un demi-kilomètre autour. C'est la seule chose que j'ai à faire Mon cœur se sent un peu heureux parce que je vais rendre un peu de justice ; qui que soient ces salauds, c'est pour toi, Harvey. Si ces choses n'avaient pas existé, je ne t'aurais pas sacrifié, mon ami, pardonne-moi.

En ce moment, je vais retirer le dispositif d'enregistrement du même équipement de sécurité que j'ai utilisé pour enregistrer tout ce récit. Je ne veux pas que tout cela se perde quand tout explosera, c'est pourquoi je le laisserai à l'intérieur de la navette, et j'espère que, si jamais quelqu'un le trouve un jour, je pourrai te dire que je t'aime, ma fille. Je t'aime Ashley, je t'aime Romi. Tous les hommes ont une chance de changer. Quand cette opportunité que j'espérais est vraiment arrivée, mon cœur était aveuglé par le mal, et une raison de changer est venue, et j'ai changé profondément. Il n'y aura plus de mots, la fin se sent bien, car je ressens un profond calme. Il suffit de dire au revoir. Je pense que cela se rapproche... il est temps de jeter ce dispositif et de tout fermer. La brume approche, et cela indique qu'ils arrivent.

Merci de votre attention.